바람이 들려주다

ⓒ 이우돈, 2023

초판 1쇄 발행 2023년 5월 25일

지은이   이우돈
펴낸이   이기봉
편집   좋은땅 편집팀
펴낸곳   도서출판 좋은땅
주소   서울특별시 마포구 양화로12길 26 지월드빌딩 (서교동 395-7)
전화   02)374-8616~7
팩스   02)374-8614
이메일   gworldbook@naver.com
홈페이지   www.g-world.co.kr

ISBN   979-11-388-1932-9 (03810)

바람이 들려주라

이우돈 시집

좋은땅

시인의 말

늦은 밤, 이른 아침
귀 기울이면
바람이 늘 네게 이르는 말 있었네,

정성들여 귀 기울이지 못해서
바람아,
너무 미안해…

몇몇 밤 지난 후 비로소
네 소리에 귀 기울였어

너무 늦지 않았지…

정성껏 꾸며 주신 좋은땅출판사 가족님
깊이 감사드립니다.

2023년 봄
이 우 돈

목차

Part 1

꿈 1

밤늦도록
달빛만 서럽게 무심한
기다림에 지쳐 잠이 든 밤
꿈을 꾸었지
원적보다 좋은
꿈꾸는 세상 속 나들이

홀로 지나온 길
홀로 보내신 길
길 위에 발자욱만 남은 길

아무도 걸을 수 없었네

원적이 꿈인가
꿈이 원적인가
한 사람은 길 끝에 서 있고
한 사람은 길 끝에서 떠나갔네

어메랑은 나들이 약속도 없이
너는
나는 시방

어디쯤 가고 있을까

사부곡(思父曲)

마흔 해 넘기던 날
내 흰 머리카락이
허망하시다던 환갑 넘기신 아버지,

손글씨 익어 가기도 전
난리 통에 잃어버린 오른 팔목 끌어안고
겨울 밤 온통 왼손으로 써 내린 편지 속
모로 누운 시린 글자들

뼈 울음소리로 박혀 있는
주석 없어 다 밝히지 못한
부정(父情)과 부정(否定)만큼이나
한 생애 무거웠을까

어지간하면 아파도 울지 말라며
날마다 새벽을 쓸던 빗자루만 남기고
뜨거운 화로 속에서
처음으로 온 뼈마디 통으로 익어서

무거웠을 한 생애까지
아낌없이 태운 후
이제사 한 줌 가루로 남은
아버지,

뼈들이 울고 있다

또 다른 만남

비 내린 길 뒤척이며
아버지 만나러 가는 길
말없음표에 발목이 잡혀
자꾸만 더뎌지는 발걸음

젖은 발 디딜 때마다
푸드덕거리는 산새 홀로 바쁜 길
구름만 지켜 낸 자리,
숨겨든 잡초가 된 바람
한 움큼으로는
도무지 아픔을 닦아 낼 수 없다

닦아지지 않는 아픔 뒤로
이번 생애에서는 보이지 않는
아버지의 아버지가 된 수국만
시리게 멍든 길 끝

빗소리 속에 스스로 묻히는 절규

어디에서든

아버지는 없고

추적추적 비만 내리는 길

묵음(默音)

굵은 빗줄기 몰아낸
햇볕 속으로 누굴까
잘 익은 개복숭 씨 한 알
남겨 둔 날,

맨들거리는 개복숭 씨
한 알 주워
잔뜩 침이 고인 갈증을 갈았다
반나절 넘게 갈린 씨알
반쪽에서
핏물이 된 소리가 흐른다

개복숭아 씨알 갈듯
한 목숨 들락거리면
이 몸 다 안 갈려도
개복숭알 핏물 같은 피울음
소리,
한 줌 남기기도 하련만

개복숭 살 먹듯이
내 살(肉)
먹어 버린 이 누구일까

여전히 나는
피울음 소리를 듣지 못한다

첫사랑

시방 내 심장은 꽃비얌 입술이다

아지랑이 엉킨 돌담
꼼지락거리며 춤추는 꽃뱀,
댕기머리 가시내
앙증맞던 버선발 같아서
오금이 저린다

칠판 백묵 글씨들이
색동저고리로 갈아입고
춤추던 아홉 살 반
청춘의 반나절을 가슴 속에 접어 넣고
종종걸음 달려간 장터 공터에는
반쯤 찢어진 곡마단 포장말뚝만
바람을 흩뿌리고 있었다,

저문 서낭댕이 어스름 산날망 넘어
가출해야 하나

온 생애를 건너뛴 외줄 건너지 못한
가시내, 꽃뱀 같은 버선발

아지랑아지랑 기울이던 외길,

오래된 비린내로
애달아 수줍은 얼굴 숨긴 채
반짝이는 사금파리 같은 맵시로
내 청춘을 삼켜 버린 가시내야
외줄 꼬아 서던 니 엄지발가락
꽃망울마다 꼼지락거리며
붉게 탄 가슴만 날름날름 핥아 먹는
숨 가쁜 가시내,

봄바람 살랑대는 외줄에 날로 선 꽃뱀

냉장고

아랫방은 파도치지 못하는 바다
풍랑이 여전하고
다락방에서는
알몸으로 강냉이가 여물어 간다

텃밭에서 잠깐 풀려난 푸성귀
식탁에서 기지개 켜는 동안
띵동띵동 부재중 경고음만 울리는
열린 문틈으로
몇 세기 전 어머니
절름거리는 소문 따라
낯선 고향들이 뚝뚝 떨어져 쌓이고

언 바다들이 녹아서
자꾸만 묶음으로 놓이는 어머니,
모두들
부질없이 다독이다 부서지면
검정 비닐봉지에 꽁꽁 싸매지거나

먼 바다로 다시 돌아가는 밤

부재중 경고음은 계속 울리고

그리움

이별 한두 개쯤
기억할 수 없으면
그리워하지 말아야 하지

바다가 된 가슴은
누구에게나 이별이 가득 쌓인
오래된 아픔들이지

바다 속으로 떠난 이별도
기억 속으로 떠난 이별도
가슴이 된 바다 깊이 묻어 두어야
조금씩 아프지 않은 법이지

아파하지 않을 이별이 있는가
아프지 않은 이별이 있는가

누구나 그리워하는
이별 한두 개쯤

바다가 된 가슴에 묻고
아프지 않은 법이나
아프지 않게 사는 법
배우는 중이지

목숨

어딜까
어딜까

여명이
이끌고 가는
저 길의 끝은

누구에게라도
말하지 마라
걷고 걷고 걸었어도
도무지 닿지 못한 길에 대하여는

어머니 21

거시기, 돈이 마니 들겄다냐
아니 암것도 아닝게벼 금세 낫는답뎌
긍게 맛난 거나 머그러 갑시다, 잉

읍내에 하나배끼 없는 괴기집 앞에서
배 속에 드러가믄 다 똑가튼디
머달라고 그렁걸 먹냐고 뿌리치는 소매 붙잡고
제우 짜장면 한 그륵씩 먹고

시오리길 신작로 옛날맨치로 휘적휘적 걸어서
냉기만 풀풀 날리는 안방에 들어서니
다라 빠진 골무만 지키는 반짇고리 옆으로
날짜 지난 두유랑 빵 봉다리만 굴러다니고…

'아 이런거슨 그때그때 머거 버려야지
드려놋코 가면 머땀시 신초롯게 싸놋는다요'

앙금 같은 의사 말들이 달빛같이 부서져분께

뜽금업씨 신경질만 부리는디,

'냅싸둬 야, 어매들 마실 오면 모가지 축일랑게'
'그렁거 몽땅 싸게싸게 보낼팅게
날짜 가기 전에 후딱후딱 머그부랑게요 좀⋯⋯'

시도 때도 업씨 쑤신다는 옆구리 움켜쥐고
보따리 보따리 툇마루에 내놓으심서
'차 밀링게 얼릉 올라가거라, 이~
걱정일랑 붓드러매고 니나 잘 머거야
그렁거 안 먹는다고 너그메 후딱 안 주글껭게⋯'

「잘 머그면 한 일 년 갈끼고만
통 안 드싱게 큰자슥이 모시고 가야 안 쓰것소」

해거름 속 전하지 못한 의사선생 말만 엉킨 길에
허세비 같은 어매 몸대궁만 꺼억 꺼억 발피는 길,
뒤돌아봉게 무근지 가튼 그리움만 덕지덕지 부튼 길,

'흐미, 긍게 그날 우째 매겁씨 혼자서만 휘적휘적 올라
왔능가, 잉…'

용서

바람이
바람에게 하는 말
정 주지 마라
아프다

그리움이
그리움에게 하는 말
기다리지 마라
기다려도 오지 않을 그리움

멈출 줄 모르는
바람은
홀로 흘러간다

흩어진 바람은
아무것도
기억하거나 그리워하지 않는다

나비에게 길을 묻다

넉잠 잔 후 오령이 되어서도
실조차 뽑아 내지 못하는
불투명 누에로 남은 나는
화석으로 식어 가는 중이다

감당하지 못할 큰 비가 내리면
아무도 걸을 수 없는 방에서
스스로 뽕잎이 된 어매
손가락에서 시작된 온몸을
사각사각 갉아 먹고
깊은 잠이 들었다
깬 후,
스스로는 섶에 오르지 못하고
뽕잎으로 남은
어매의 한평생만 갉아먹을 때,

또 다른 누에들은
오래 전 투명의 강을 건너

갈고 닦아 뽑은 실로
마지막 당부처럼
누구든지 쉬어 갈 집을 지은 후
나비가 되었다

화석이 되어 가며
나비에게
길을 묻는다

뽕잎이 된 어매 잠든 땅 가는,

폐촌 간이역사(廢村 簡易驛舍)

언제부터인지
기적소리는 돌아오지 않았다

폐촌 간이역사 유리창에
중지 끝이 뭉툭해질 때까지
지우고 다시 써 내린
서툰 손글씨 속으로
날마다
가을은 모질게 닳아지고 있었다

그리운 글씨가 된 쑥부쟁이로는
폐촌의 기적소리를 기억할 수 없어
약속도 없이 떠나 버린 목숨들이
닳아진 가슴 안에 내릴 때마다
오래 전 홀로 된 간이역사는
슬프겠지만

내일 모레 글피쯤

다시 돌아와 간이역사 기둥이 되어

마른 눈물자국이나 지우고 있을

온통 짓물러진 가을 속으로

온몸 속 진홍피로 써 내려간

뭉툭한 이름 석 자는

붉은 노을이 되어

폐촌 간이역사가 된 남은 목숨에게

여전히 겹겹 수줍음으로 쌓이고

기적 소리는

도무지 들리지 않았다

어머니 22

몇 날째 물 한 모금
제대로 먹어 보지 못한 논배미
터진 손바닥으로
또랑물을 긁어모아도
너댓 되 가웃지기 마른땅
적시지도 못하는 땡볕에서

진종일
부어도 부어도
쩍쩍 갈라지는 논바닥보다 먼저
쩍쩍 찢어져 버린 마음
추슬러도 도무지 막힌 길
뚫리지 않는 날,

넘지 말라 넘지 말라 애타게 빌어도
해는 서산 반이나 넘어
집으로 발길 돌려 걸어도
오래 전 벌써 죄인 돼 버린 흙탕물 범벅 빈손

무명적삼에 비벼 닦으며
도무지 지워지지 않는 가난도 지워 보지만

쩍쩍 갈라진 천수답만큼이나 모질어
끝내 지워 내지 못해 덩달아
갈라지는 흙탕물 손바닥 속으로만
감춰져 버린 눈물,

말라 가는 또랑물 같다

큰 고모

누에가 되어 버린 큰 고모는
뽕잎을 갉아먹는 누에들 시간보다
훨씬 더 긴 잠에 빠지곤 했지만
늘 뽕잎이 모자란
칠순도 넘긴 어메는 시오리 남짓
허기진 산중턱을 헤매는 날이 많았다

곰방대로 세월을 지지던 어메,
마른 삭신 쑤시는 날이면
비 단도리보다 먼저
동네방네 휩쓸던 나를 불러들여
나보다 훨씬 더 키가 큰 누에를 지키게 했지만,
또 다른 누에가 되어 버린 나는
꿈틀거리지 않는 큰 고모 품속에서
게으른 잠이 들고 그때마다
개혁된 화폐 찢긴 쪼가리 같은
가난이 무심코 잠박(蠶箔) 위에 쌓여 갔다

온통 햇살을 짓물린 빗물이
들이쳐진 마루 끄트머리쯤, 잠깐
정신이 든 큰 고모는 축축하게 젖은
이불을 끌어서 나를 다독이곤 했지만

그 바람에 허물을 벗지 못한 큰 고모는
가난한 잠박(蠶箔)을 영영 떠날 수 없었다

집으로 가는 길 1

난항동 버스 종점 건너편 길가에는
가을햇살에 빨갛게 그을린 우체통이
아주 오래된 사연들을
민낯으로 기다리며 서 있다

몇십 년 전 끝끝내
부치지 못한
편지지 색깔로 웃는 코스모스가
오래된 가을을 다듬고 있는 길가로
이정표 같은 바람이
흩어져 쌓이고

수거되지 않은 칠십 년대식 그리움들
길섶 우체통 속에서
빨갛게 익어 가는 저녁 무렵
벌써 이모티콘이 되어 버린 어른들 서넛

붉게 달아오른 집으로 가고 있다

장조림을 먹다가

식탁에 올라온 소고기장조림 한 점
씹는 날,
간장 속에 푹 절여진
할아버지 맨살이 씹힌다

오뉴월 땡볕 진종일 쏘이며
몇 번인지도 모른 채 돌멩이에 씹힌
열 손가락 시퍼런 멍들 뒤로
댓평도 안 되는 깽변 모래밭이 남았다

모래만 절반도 넘은 밭뙈기에
무광고무마 모종 내던 날
고랑고랑 일어난 모래땅 이쪽저쪽
염치없이 닳은 손바닥 짓이겨 낸 할아버지
붉게 닳은 손바닥에서 이리저리 용쓰는 재색두더쥐

그날 저녁 반찬은
간장에 잘 조려진 장조림이었다

한여름 폭우에 휩쓸린 무광고구마 줄기들
걷어 내시던 할아버지 깊은 한숨보다
재색두더쥐 다 도망간 것이 더 서글펐던
할아버지의 짭조롬히 조려진 시간들이
소고기장조림으로 씹힌다

땡볕에 붉게 닳은
할아버지 손가락들이 자꾸만 씹힌다

접동새 우는 난향동 밤

재 너머 자갈 십리 길
따복따복 시린
너, 초승달아
발 닳아 아팠겠다

할아버지
지게엔 배급밀가루 포대 대신
기어코 잠든 손자 코골이
접동새 울음만큼이나 서러웠겠다

곯은 배보다 더 허기로운 달빛만
뾰쪽뾰쪽 밟히는
차돌만 반짝이는 가난한 신작로
쓸쓸한 고무신 밟히는 대로
앞서거니 뒤서거니
참으로
먼 길 와 버렸구나

밤 깊은 달빛 뚝뚝 떨어지는
난향동,
뒷산에서
배곯은 접동새 우는 밤
꺼칠꺼칠한 할아버지 맨손바닥이
뒷목을 자꾸만 쓸어내린다

바다 1

그 여름 밤 늦도록 쌓인
빗물로 숨 막히게 데워진 길
맨발로 걸어 보지 않은 사람은

바다의 고백을 들으려 하지 마라

흐르고 씻긴 아픔이 모이면
섞이지 않아도 짠 맛이 나는 법
후드득후드득 쏟아지는 빗물
살 속에 쌓아 보지 않은 사람은

바다의 묵은 고백 들으려 하지 마라

맨발에 밟힌 빗물의 무게조차
가늠해 보지 못한 사람은
아픔이 된 빗물의 가슴앓이로
시퍼렇게 멍든 바다의 눈물을
서툰 몸짓으로 닦으려 하지 마라

우리 서로에게

비밀이 된 빗물이 바다로 모이면

추스르지 않아도 짜게 되는 법

그러므로

빗물의 무게를 재어 보지 않은 사람은

바다에게는

바다의 고백을 물으려 하지 마라

오월 꽃길

온밤 촘촘한 어둠을
밀어내며 떨어진
짓물러진 울음소리
새벽 꽃길로 남은 날,

길 위에 홀로 선
꽃이 되어 보지 못한 청춘
청춘은 눈 깜짝할 새
추적추적 젖어서
이제 날개가 없다

날개 없는 슬픔은 더 이상
날지 못한다, 어매야
이제사
상엿집 끝으로 오르는 길
꽃길이 되었다

바람은 이제 아프지 않고 슬프지 않다

할매 마당

열여섯 해 막막한 해거름 녘을
색동저고리 가마도 없이
외당숙 지게 타고 시집오던 날
솔 고개 넘은 신작로 자갈밭 지나
어스름 길 어둑어둑 내려선 마당,
한 세상 이고 진 머리카락만 희어진 봄날
쪽낸 감자 텃밭 고랑마다 이겨 넣고서
나가시랑 천수답 맬 품앗이삯, 이잣돈
열손가락 다 넘겨 버릴 때
달빛 젖는 색경너머 모란꽃 시든 텃밭엔
긴긴 밤 접동새 함박꽃으로 붉게 울었네,

오고 간 사람이야 지천이어도
피울음 속 잠긴 밤 깨우지 못해
온밤 허리접어 피워 올린 할매 곰방대
눈물 같은 연기를 살로 채워 시리도록 고운
설토화 만발한 五月 열나흗 날 밤은
할매네 마당 텃밭만 속절없이 적셨네,

오고 간 세월이야 하릴없이 잊어 가는데

함박만 한 설토화 주렁주렁 이고 진 꽃가마

꽃신 신은 할매 타고 떠난 신작로 따라

오늘 밤도 솔 고개 접동새 울어

할매네 마당 텃밭으로 하얗게 하얗게

할매 이고 진 세월인 양

설토화로 서럽게 만발하였네

죽단화 만발한 봄

시암 가생이로 환장스레 핀
죽단화 익은 꽃잎들만
치렁치렁 걸린 젖은 하늘을 비껴
시방, 학독에 촘촘히 갈리는 건
찬물 먹고 붉게 늙은 고추가 아니라
퉁퉁 불어 버린 어메 뭉툭한 손가락이다

시렁 드르륵 시렁 드르륵 탕탕 염치없는
세월만 뜰팡 앞마당으로 피어오른 날,
반쯤 열린 삽짝으로 고개 내밀던 남풍 南風
고즈넉한 시간들에 발목이 잡혀
노랗게 노랗게 자꾸만 익어 가는 중이다

졸졸 흐르는 시암물이야 제길이건만
길 따라 나선 이웃 하나둘일까
소쩍새 통곡 痛哭 막혀 버린 들녘 어디메쯤은
시암가로 또랑가로 또 그렇게 물동이 이고
봄이거니 꽃이거니 버선발 고무신도

이렁저렁 숨 맥히듯 피어나려나

오늘도 또 샛노랗게 숨이 맥히고
내일도 또 샛노랗게 꽃이 피일걸

* 죽단화는 겹황매화꽃

가을 1

이 가을이 저 가을에게,

- 그동안 어떻게 지냈니?
- 응, 그럭저럭…
  계절들 너머로는
  단 한 발자국도 건너지 않은걸
  넌, 모르지?

동백꽃닢 쌓인 길을 가다

늙지 않고 익고 싶다면서
연한 모종 같은 몸으로
바다로 걸어간 너를 만나려고
네 발자국을 밟으며 가는 길,

자꾸만 야위어가는 미소 속에
부서지지 않는 꿈을 감추며
단 한 번도 슬프지 않았던 너,
토막토막 붉게 타 버린 네 아픔
이 길 위에 한 땀 한 땀 새기던 날
저 검푸른 바다는 또 아팠었겠다

지금
나는 바다로 간다
끝내 건네지 못한
가슴 속 깊숙이 쌓인 말,
바다가 된 너를 만나면
건넬 수 있을까

어쩌면 바다가 된 너조차
이제는 들을 수 없을지 몰라
토막말로 남은 네 꽃잎 속에
붉은 피울음으로 남고 싶다

아직
바다는 저만큼 밖에 있는데

진구네 아버지

샛밥 먹을 때쯤
깽변에서 진구네 아버지가
장작불을 피우면

동네 아줌들은
폐병쟁이는 바라만 봐도 옮는다며
환한 대낮에도 새끼들을
각자 집으로 몰아가던 여름,

지어메 야반도주한 석구랑
난닝구가 다 젖을 때까지
이글거리는 잉걸불을 구경하는디
실은 잉걸불이 아니고
옹기그륵 속 알록달록한 비얌들을
생각하고 있었던 거라

뙤약볕이 잉걸불같이 오글거릴 때쯤
진구네 아버지, 옹기그륵 속에 남은

닥죽 같은 물을 마신다

뻘쭘뻘쭘 산골짝 해는 지고
배고픈 밤 어제 같은 잠을 청하는디
알록달록해서 환장하게 이쁜
구렁이랑 꽃뱀이랑 까치독사랑 살모사가
몸을 칭칭 감으면 잉걸불보다 뜨겁다

아, 도망치고 싶은데
옹기그륵 속에 갇힌 꽃뱀이거나
한여름 뙤약볕 속에서 이글거리는
잉걸불이고 싶은가

진구네 아버지는
그 이후로도 한참을 더 뜨겁게
불을 피웠었는데

그때마다

동네 아줌들은 각자 새끼들

문단속으로 샛밥 먹을 짬도 없었다

고백

「솔로몬의 아가라

내 누이, 내 신부야 네 사랑이 어찌 그리 아름다운지

네 사랑은 포도주보다 진하고 네 기름의 향기는

각양 향품보다 향기롭구나」 (아가 1장 1절, 4장 10절)

- 정말, 네가?

- ......

- 정말, 너도

  네가 그렇다고 생각하니?

- ......

어머니 23

니알 울 어메 소풍 간당게로
저 노무 달밤은 경우업씨 뜰팡으로 떨어지능게빈디
그 노무 송판길 막히기 전에 홈쳐본 어메
거시기, 연지랑 곤지랑 발랐능가
가슴팩이 벌렁대서 환장하겄당게

그랑께 그날도 시방 같은 가실이었웅께
선상님도 아그들도 하다못혀 장터거리 웃배미
쪽밭매던 샛담 영동댁까정 몽땅 따라나선 날,
어메 어디 갔썼당가 동동거림서 차잤썼는디
그런 거시사 싸게싸게 이저버림서 크는 거시라고
어메가 맨날 말했쌍게 이저부렀지

할매는 맨날 웬수라길래 그게 어메 이름인 줄
아랐는디 어메 성을 모릉게
김웬순지 이웬순지 박웬순지 신웬순지 정웬순지
몰랐었는디 홍구네 어메가 느거 할매는
은진송가끼리 웬수랐싼다 하능거봉께 긍게 어메는

송웬수인가빈디, 그래도 할매는 어매 소풍 보내줄라고
했었능가, 장날 니 어메 꽃고무신 한 개 사오라는 디
어떤 거신지 모른당게 저 써글노미 지미발바닥이
십문오인중도 모른담서 한숨만 쉬더랑게

그랑게 웬수끼리는 소풍갈 때 꽃신도 사주고 그렁게
빈디

어메랑 나랑은 웬수도 아닝게벼
가을, 몽땅 다라서 구멍 숭숭 난 껌정고무신 끌고
용쏘 밑에 따라갔다오니라고 째깐한 발바닥 무지
아팠었는디

아, 긍게 거시기 그거시 그게 아닝게비여
그랑께 그거시 암시랑도 안 했썼다고 말해야 하는디…

55

당신은 39

「여호와께서 말씀하시되 오라 우리가 서로 변론하자
너희의 죄가 주홍 같을지라도 눈과 같이 희어질 것이요
진홍 같이 붉을지라도 양털 같이 희게 되리라」
(이사야 1장 18절)

- 그러니까요
  아주 빨강색은 아니지요?
  저쪽 가서 놀 때도 반쯤은 이쪽 땅은 밟고 있는 거
  보셨잖아요,
  뒷집 영수보다는 기도도 더 많이 한 것도 아시지요?
  그러니까
  그게, 세 번까지는 모른다고 잡아뗀 적도 없잖아요
  연말모임가서 딱 한 번 아니라고 한 거 진심으로 한 말
  아닌 줄 알고 계셨지요?
- ······
- 아니신가요?
  그래도 많이는 안 그랬으니 한 번만 봐주시면 안 될
  까요?

- ……

- 그런데요 저 아직도 자신이 없거든요
  변론도 너무 많아서 도저히 안 될 것 같아요
  어떻게 해야 할까요?

그저
십자가 앞으로 건너오라
말없이 손짓만 하시는
당신

Part 2

어머니 24

가을나무야
이제
그쯤에서 낙엽은 그만
쌓으면 안 되겠니?

전신전화국 전화통 수화기 너머에서

'아가, 밥은 머겄냐, 객지서 고생함서
머들라고 자꾸 전화했싼다냐 에미는
암시랑도 안 항게 니만 잘 머그야 공부
그거 일엄쓰야 니 몸뚱이가 중하제
그랑게 잘 먹고 잘 자고 그래라, 잉'

- 엉, 아랐써, 그란디 영어참고서 사라게싸서……

'엉, 긍게 또 책 사야 한다냐
아랐웅게 쫌만 지둘려라,
새끼 땜시 삼순이네 삼밭 맨능가빈디

그 집도 돈나올람 사나흘 걸린당게 낼 빚이라도 내서
보내줄팅게 쬠만 지달려라, 잉
그런거슨 걱정 붙들어매고 니 몸뚱어리가 젤잉게
아그야, 어메 맘 알제,

요번이
몇 번째 빈말로 어메를 졸랐능가
전신전화국 나오는 길 앞에 떡 하니 버티고 선
플라타너스, 이파리 떨어져 쌓임서 하는 말

써글놈

양악리 하나님

아 글메 후딱후딱 오랑게 뭐한다냐
아리끼부텀 입때까정 말항게로 그게
귀신 씻나락 까먹는 소린 중 아냐
아, 니 천당 가게 니꺼 다 싹 업쌔준다 안 하냐

아, 그랑께 내꺼 싹 다 말해야 한담서요
그거 오래됭게 까머거분 것도 있고
몽땅 업쌔 준다고 했싸도
영 거시기한 것도 있긴 있는디……

아, 그랑게 후딱 오랑게 그라냐
그건거슬 시방 싹 업쌔 준다 안 하냐

아, 지도 가고잡당게요
그란디 지도 눈치가 있는디
공짜로 오란다고 염치업씨 후딱 가면 쓰간디요
지도 생각 좀 해 볼팅게 째끔만 지달리시랑게요

허허허,

무신 생각을 한다고 그런다냐 이눔아 그거이 그거

고름이 살되능 거 아닝게 얼릉 후딱 와 부러라 쫌

니꺼 몽땅

암시랑도 안 하게 업능 걸로 해 준다 안 하냐, 잉

어머니 25

검정페인트로 〈재건〉이라고 낡은 글씨가
박혀 있는 점빵 흙벽에 쥐잡기포스터가 붙었다

「일시에 쥐를 잡자
쥐약 놓는 날 12월 13일 오후 5시 농림부장관」
국민학교 사학년 담임선생님이 쥐약을 골고루 나눠줬다

어메, 이거 쥐약인디
쥐 자브면 꼬랑댕이 열 개씩 짤라갔꼬 오랍더

깨진 기왓장, 호박잎, 비료푸대쪼가리에다
쥐약이랑 나락이랑 골고루 버무려서 시암가랑 도장이랑
다무락새랑 펼쳐논 거 이리저리 세다 봉께
엉, 어메는 해거름판 장꽝에 쭈그리고 안자서
스뎅그륵에 반짝이는 비빔밥 혼자 머글라능가
눈 빠지게 쳐다봉께
으매 써걸놈 웬수여 웬수여,
함시로 정지로 들어가는디

몸빼 거더부친 어메 장딴지 꺼머리가 빠랐능가
시퍼런 심줄만 쥐꼬랑댕이맨치로 징하게 꼼지락꼼지락

장꽝 구석탱이 쥐약그륵 그대로 잉거 봉께
쥐약 머근 거슨 아닌디 어메는 정말로
쥐약 머그분 거슨 아닌디, 아닐 거신디⋯⋯
아, 씨~ 쥐꼬랑댕이 가져가야 하는디, 하는디, 하는디⋯

가을 2

산에는
가을이 없다

가을은
여자들 손톱에 매달린 채
산으로 돌아가는 길을 잃어버렸다
여자들끼리는 어떤 가을이 더 예쁜지
단풍잎 박힌 손톱을 다듬고 있지만

남자들은
가을이 어디쯤 걷고 있는지 가늠할 수 없다
예쁘게 잘 익은 손톱이 잠긴 채
지어진 밥을 먹고 너무 숨이 가쁜 탓이다

치열한 첫사랑같이 숨 막힌 가을을
이 가을에는 되도록이면 비켜 서고 싶지만
여자들마다 손톱에 매달린 가을을
털어내지 못하는 이 가을 때문에

밥을 먹지 않은 남자들도
이 가을에는 숨이 막힌다

가을은
여전히 산으로 가는 길을 찾지 못하고 있다

당신은 40

「히스기야가 낯을 벽으로 향하고 여호와께
기도하여 이르되」(열왕기하 20장 2절)

소리 내어 말할 수 없습니다
아닙니다
소리 내어 말하고 싶습니다, 처절하게
염치없는 너무나 염치없는
가슴 아픈 소리로
너무나 말을 하고 싶어
침묵하고 있습니다만,
침묵이 아닌 줄 아시지요
허약한 이 몸을 얼마나 더 잘라 내면
선한 몸으로 벽을 향하여 통곡할 수 있겠습니까
염치없이 묻는 나에게

애야,
나도 너무나 말하고 싶다
속삭이시는

당신

당신은 41

잘라 내어 주십시오
젖은 땅에 발목이 빠지지 않도록
온몸을 잘라 내어 주십시오

어쩌면 벌써 젖어 버렸을 발목을
헹구어 주십시오
헹구어진 발목부터 온몸을
연하게 연하게 문질러 주십시오
진한 맛을 낼 수 있을 만큼씩은
따뜻하게 문질러 주십시오
그리하신 후에 잘 닦아 주십시오
닦아 내신 후 마른 몸속에 채워 주십시오
누구에게든지 맛을 내는 핏물이게 해 주십시오

아니, 아직도
닦아서 채워 준 줄 모르니
정말 모르겠니?

너는 꽃뱀보다 더

너는
반짝이는 사금파리

네 혀는
어떤 계절일까
갈라진 틈으로
네가
숨 쉴 때 나는 숨이 막혀서
네가 한 걸음씩 다가설 때
나는 움직일 수 없었어

햇빛에 젖은 네 눈동자에 맺힌
설움이 내 생애를 건널 때도
숨이 막혔어

너무 숨이 막힌 탓으로
칭칭 내 몸을 옭아맨 너를
아직도 거부하는 중이야

이별연습

우리, 날마다 조금씩만
이별하기로 해요

어떤 날은 맘 상하기도 하겠지만
하늘 속 구름도 다정한 카페에서
아메리카노 향기 사이로 두 손을 맞잡고
가끔은 따뜻하게 이별하기로 해요

우리의 이별이면 약간 어색하기도 하겠지만
예고 없이 다가온 서로의 주검에게
반가운 악수를 나누며 지나갈 수 있도록
날마다 조금씩 이별하기로 해요

우리의 주검은 연습도 없이 다가와 버릴테니
이별은,
이별만큼은 우리끼리 날마다 연습하기로 해요

향수병(鄕愁病)

연어가 되었습니다
회로가 정지된 연어가 되었습니다
동무들이 떠난 물줄기를 오르다가
길을 잃고 말았습니다

이 길인가 저 길인가 부딪힐 때마다
지느러미가 한 꺼풀씩 찢겨 버렸습니다
아주 오래전 어머니가 들려주셨던
전설 같은 물길을 거슬러 오르려 하지만
찢긴 몸으로 유영하기에는
시간이 너무 흘러가 버렸습니다

흩어진 시간 속에서 쓸쓸한 연어가 되었습니다

나는
오늘도 물이 말라 버린 길을
쓸쓸하게 거슬러 오르는 중입니다

간절한 소망 하나

당신 옷이 되게 하여 주십시오
간혹 뽐내며 입으시는 하얀 원피스가 아니어도
하늘거리는 하늘색 투피스가 아니어도
일 년 한두 번도 채 입지 않으시는 모피코트는 더욱 아
니어도
계절이 바뀔 때면 버리실 것처럼 솎아 내셨다가
애잔한 손길로 다시 옷장 속에 정리하시는
당신의 옷이 되게 하여 주십시오

외출하시기 전 이렇게 저렇게 입어 보시다가
마지막 아주 익숙하신 손짓으로 입으시는
메이커 없는 당신 외투가 되었으면 좋겠습니다만
머리카락 듬성듬성 눈꽃이 피어 갈 때쯤이어서인지
온몸 온전히 덮어 드릴 수 있는 외투가 아니어도
외출하신 날 기온이 뚝뚝 떨어지면
당신 시린 양손을 깊숙이 넣으신 다음
아, 이 옷은 주머니가 있구나 좋아하시는
언제라도 즐겨 입으시는

외투에 달린 주머니가 되라 하셔도 좋겠습니다

옷감이 다 헤어지는 날까지
시리디 시린 손 깊숙이 넣으실 수 있는
오직 당신 한 사람만을 위한
따뜻한 주머니가 되어 드리겠습니다

당신은 42

모두 돌아갔습니다
저도
돌아갈 수 있겠습니까

보아도 보지 않게 해 주십시오
들어도 듣지 않게 해 주십시오
읽어도 읽지 않게 해 주십시오

보기 힘든 일이라고
듣기 힘든 일이라고
맨 땅에 쓰시지 않으셔도
돌아갈 수 있는 발을 주십시오

아닙니다
여기서 돌아서면
돌아갈 수 있는 길을 주십시오

물왕리

물왕리에 가면 안다
알게 된다
저수지를 따라 걷든지
이 층 카페 테라스에서 내려다보이는
저수지 속을 세심히 들여다보면

우리네 잃어버린 계절들이 어디로 갔는지
어디에서 다시 만날 길을 닦고 있는지
누가 얘기해 주지 않아도 알게 된다

너에게만 한없이 부족했던 시간,
너도나도 저수지 속에서 가을을 건져 올린다
누구이든지 아무도 건져 올린 가을을
데리고 가지는 못한다

가슴 속 깊숙이 저수지를 품을 수는 더욱 없다
진즉부터 그걸 알아 버린 가을은
자꾸만 구름 속으로 숨는 것이겠지만

널 사랑한다는 속말은 전하지도 못한 채
먼 길 떠나는 우리들을, 시간들을 알기에
물 속 깊은 절망 속에서 가을은 또 울고 있다

어차피 건져 올리지 못한 가을
그 가을이 온몸으로 우는 탓으로
저수지가 변함없이 출렁이는 것을
물왕리에
가면 안다 저절로 알게 된다

꿈 2

뼈마디마다 가닥가닥 시린 까닭은
아픈 사연들이 굳은살로
처연히 모여 있기 때문입니다

시도 때도 없이 허리가 굽는 까닭은
뼈마디 행간마다
가난한 시간들이 하소연으로
남아 있기 때문입니다

보약 한 첩 달여 먹지 못한
이유 없이 빠듯한 살림살이 속으로
청춘도 사랑도 젊음도 아픔도
대책 없는 그리움으로 남아 있지만

이제 나는
해 질 무렵이면 다시 돌아와 쉬고 싶은
집이 되겠습니다

온몸 속 삐걱거리는 서글픔을

언제든지 따뜻하게 지워 갈 온돌방이 있는

당신에게만 유일하게 허락되는

그런 집이 되겠습니다

당신은 43

「시몬 베드로가 이르되
주여 내 발뿐 아니라 손과 머리도 씻어 주옵소서」
(요한복음 13장 9절)

씻어 주시렵니까

손을 보아도 발을 보아도
암팡지게 숭악한 때가
덕지덕지 옹골차게 쌓였습니다

염치없지만
손과 발에 들러붙은 때를 푸욱 불렸사오니
씻어 내어 주십시오

다른 사람 보지 못하도록
되도록이시면 캄캄한 밤중에
씻어 주시렵니까

빚

자네
오늘도 평안하신가

이것저것 하다 보니
속절없이 대책 없는 몸뚱이는
지멋대로 닳아져 가고
아주 오래 전 약속이나 한 듯이
우리 시간은 또 이리저리 흩어지던 날

자네
몸 성히 잘 지내는지 묻지 못하였던 건
그래서는 안 되었던 시간들이
흐른 탓으로 지딴에는 염치가 없었던 게지

객지살림 바빴다는 눈치 없는 핑계로는
자네랑
얽혀 버린 세월이 너무 낯설어지던 날
무소식이 희소식이라 자위하며 지내던

자네,
만경들판식 인사말 덩그러니
아프게 들려왔다네

따뜻할지 어쩔지 모를 자네 손목 잡지도 못하고
돌아서는 발목 잡은 남은 토막말,

- 아버님으로부터 말씀 많이 들었습니다.

자식들에게는
자네 얘기 자주 들려주지 못했는데
자네는
늘 갚지 못할 빚만 남겨 주네 그려

자네
오늘도 평안하신가

보름달아

달님아 달님아
너는 알고 있니
내 이름을,
전라도 가시내 아닌 진짜 내 이름

달님아 달님아
짓물러진 손톱 너는 보이니
아무에게도 말하면 안 되는 거 알지

달님아 달님아
너는 알고 있지
다닌둥만둥 간 날보다 못 간 날 더 많아
국민학교 끝내 마치지 못한 나를

달님아 달님아
너에게는 말하고 싶었어
아무에게도 힘들다고 말하지 못한 맘

너무 힘들었거든……

달님아 달님아

너는 알지

짓눌린 몸뚱이로 막은 세월이 아니라

울 엄마 곁에 있고 싶어

힘들었다는 것

너는 알고 있지

달님아 달님아

너는 알고 있지

내 이름은

전라도 가시내가 아니라

순정이인 줄

너는 정말 알고 있지

할아버지가 남긴 시(詩)

성봉이 기성회비 이십 원, 나가시 칠십 원, 김 서방 첸 돈이자 십 원, 풍년초 다섯곽 오십 원, 들깨 한 됫박 낸 것 오십 원, 초여드렛날 동주가 준 돈 백사십 원, 말바 우 김씨네 작명금 달걀 두 꾸리

선거때마다출마하는단골낙선국회의원후보가해마다 집집마다돌리는한장짜리지나간달력을찢어서만든책 력에다가할아버지가거의날마다쓰시는치부책, 말하자 면할아버지식가계부에적으신내용이다

나는 무얼 쓰는가, 시를 쓴답시고 이런저런 되지도 못 한 토막말들을 주섬주섬 썼다가 지우고 또 쓰는, 먹지 도 못하고 밥도 안 되는 시, 아무도 읽어 보지 않는 시, 돈도 안 되는 시, 지가 쓰고 지도 안 읽는 시(詩)

이제부터는 이런 시 말고
달력쪼가리에 씌어 있는 할아버지가 남긴 시 같은,
(나는 좋아했던 다른 시인들의 시는 대충 기억하거나

외우거나 하는 편인데, 할아버지의 기록들이 지금도
기억나는 것을 보면 할아버지는 천상 시인이셨음이
틀림이 없다)
그런 시를 써야겠다

자식들은 몰라도 그 자식들의 자식들은 우연히 지 할
애비 시를 읽어 볼지도 모르겠다는 막연한 기대를 가
지고 나도 내 할아버지가 남긴 시 같은 시를 써 두어야
겠다

그때 그랬었지 그런데 지금도 그래

그날 그곳이 흙이었는지 몰랐었지만
너는
흙 속에서 꽃이 되었어
아무도 네가 꽃이 되리라고
믿지 않았었지만
누구든 오르지 못할 절벽에서도
꽃이라 불리기 바라는 너였기에
꽃으로 남겨 두어야만 했었지

대책 없이 아픈 날들은
또 그렇게 무슨 슬픈 소식처럼 쌓여 가듯
저만큼 홀로 흘러간 시간 속에서
우리들의 흙은 보이지 않았고
꽃으로도 보이지 않았고
우리들이 디디고 서 보았던 흙들을
아무도 기억해 주지 않았지만
도무지 무너지지 않을 절벽 속에서
그때로부터 너는 이름 없는 꽃이었지

그러므로 우리 기억 속의 세상에서
너도나도 꽃으로 피고 지고 있는 동안에는
너는
그때 그랬던 것마냥 지금도 그렇게
꽃이 된 거야

보이지 않아도 환하게 핀 꽃이 된 거야

기도 1

저 농익은 슬프고도 간절한
비늘로 춤추는 교태
살모사, 까치독사, 꽃뱀, 능구렁이 또는
저 물뱀의 능청스러운 연기를
날름거리는 치명적인 유혹을
거리낌 없이 분별하는 눈을 주십시오

시리도록 빛나는 몸통으로
가난한 몸뚱어리를 칭칭 감아올리는
간절한 애무를
거절할 줄 아는 입을 주십시오

보이시나요,
세상의 빛이 되어 버린 흙까지
온몸으로 빠짐없이 밀어내는
흔적으로 남은 뱀들의 길,

이제

보이게 해 주십시오
보이는 길마다 스스로 태우는
넉넉한 불꽃이 되게 해 주십시오

달에게

얼마나 무거웠을까

아버지의 아버지의 아버지들
어머니의 어머니의 어머니들
아무에게도 넘겨주지 못한 말들
가난이랑 욕심이랑 푸념이랑 어쩌면
턱없이 무거운 눈물까지 모두
가슴 속에 묻어 두려면
얼마나 무거웠을까

하나씩 벗어 버리길 바래

우선
캄캄하기만 했던 지난달 밤
속절없이 남기려던 내 절망부터 내려놓으면
조금은 아주 조금은 가벼워질 수 있을지도 몰라
아버지랑 어머니가 쌓아 둔
대책 없는 슬픔까지도 이제 내려놓지 않을래

너무 많이 들어내면 어쩌면
또 다른 누군가는 가슴이 아플지 몰라
그러니 아주 조금씩 조금씩만
천천히 드러낼 수 있겠니

얼마나 무거웠을까
오래된 기억이 아니라도
너무 많이 익어 버리면
너 혼자서는 결코 버릴 수 없을지도 몰라,
아주 조금씩만
아주 조금씩만 내려놓지 않을래

더 이상은
네게 무거운 밤이 되지 않았으면 좋겠어

어머니 26

섣달 초여드렛날 새벽
장꽝은 빼꼼한 구석 남김없이
밤새워 눈이 내려서는
정한수 사발 속까지 아주
꽁꽁 얼어 부렀는디
빈틈없씨 얼어 분 정한수 사발 든
손가락보다 맘이 더 아픈 어메,

워매, 어쩔 거시여
지가 치성이 모자랑게 얼어분 거슬……
아이고 칠성 님네 그랑게 그거시 죄스럽구만요

해도 안 뜬 시암가로다
납쭉 엎드려 큰절 한 두어 번 올리고
눈치 업씨 싸여 분 눈덩이도
염치업씨 얼어 분 정한수 사발도
몽땅 어메 타시람서 손바닥만 비비는디

내사

그 노무 정한수 사발이 얼어불든 말든

그거시 어메 신앙인지 거시긴지 뭔지도 모릉게

뭐함시롱 비러쌌능가 배고픈 손가락만 빠라쌌응게

워매, 아가

그람 쓰간디 어메 치성이 모자랑게 그랑게 그렀치

어메는

그렁 거신 게벼, 내 배 고른거시 그렁 거신 게비여

기도 2

사랑해도 되겠습니까

단 한 번도 빚진 적 없으신 몸
속으로 속으로 다져진 핏물 다 쏟아
그저 공으로 주시고도
모자라면 목숨까지 토해 주시는

그런 사랑은 할 수 없습니다

가지고 있는 것 한 두어 개
내어주며 생색내듯 그렇게
사랑해도 되겠습니까

아아,
청춘도 사랑도 열정도 목숨도
용서해 주신 그 마음같이
우리 서로 용서할 수 있을까요

우리 서로 사랑하게 해 주십시오

땅따먹기

더 갈아야 한다, 날카롭게
어제 겪었던 실패의 슬픔을
낙수삼아 갈고 갈지 않으면
오늘 하루도 어제 하루와의 통정 같을 것이다

서산마루 거대한 어스름의 뿌리들이
통째로 뽑혀서 우리들 광장으로 날아와
우리의 모든 경계선마다 뿌리 내리기 전
질퍽거리는 흙덩이를 다지는 너와 나의 발,
서로에게 안녕이라고 인사하지만
내일이면 우리는 또다시 날카롭게
친한 친구처럼 어깨동무를 하게 될 것이지만
너도 나도 너무 날카롭게 갈면
서로의 손바닥에 상처를 낼 수 있다는 것을 알기에
더 갈아야 한다면서도
서로 더 무디게 하는 것을 서로에게 들키지 않게
날카롭게 그려 둔 경계선을 엉거주춤 지운다

내일은 잘 지워지지 않는 경계선을 만들자
그럼 안녕 너도 안녕, 잘 가, 우리는
날카로운 경계선보다 모두 지워진 거대한 흙이
더 평안하다는 것을 서로 알고 있기에
내일은 더 날카롭게 경계선을 운운하는 것이다

그렇게 날마다 더 날카롭게 갈고 있는 것이다

바다 2

네게 할 말이 너무나 많아서
너에게 할 말이 남아 있지 않다

너희끼리만 아는 비밀을
송두리째 가져다 쌓으면서
어쩌란 말이냐
너무 무겁도록 쌓인 너의 살인을
빗물 같은 사랑을
한 번씩 휘저을 때마다 너희는
대체 어디에 있었느냐

너희는 한 번 다녀간 흔적은
빗물에 씻길 것을 기대하지만
가슴 속 깊숙이 내려앉은 침묵으로도
너희들의 비애와 아픔과 슬픔과 목숨이
가려질 수 없는 법이다

잊으려고 발버둥 치며 너희들이 나를 말리면

나는 하얗게 정제된 반란으로 남을 것이다
아무에게도 말할 수 없었던 비밀들이
이 땅 해풍으로도 남기지 않으려는
서툰 돌팔매 몸짓으로는 내 눈물만 짜게 쌓일 것이다

너에게
할 말이 없어서가 아니다
다만, 하고 싶지 않을 뿐이다

은행알을

무슨 억하심정이 있간디
널븐 땅 냅두고
된통 서름 무거웅 게 냅다 뛰어내린
몹쓸 하루를 발바분다냐

질머진 살림살이 또 얼매나 퍽퍽했간디
옹기종기 나믄 이파리들 익을라면
아직도 한참 멀었는디

지가 내려왔거나 등띠밀렸거나
했쓸거신디
오독오독 발바분다냐

톡톡 깨져븐 너라면 이제사 징하니
맘 편하겄다

이 땅에 내려와섬도 안 따신 구석탱이에
처박힌 채로

머시든 다 빨려 붙고 쪼그라진 놈은
오도독 깨져 붕게 외려 맘 편해져븐
니가 얼매나 서럽게 부러졌겠냐

그랑게 억하심정으로다가 발바븐 게 아니다, 이

한평생 내려노치 못항게
써거문드러진 냄새로
아무에게도 호강 못바다 더 아픈
처절한 니 생애를 이저 불지 못한 발자국이지

그랑께
너도 나도 아프지 말자, 시방부텀서는

개망초꽃이나 강아지풀들에게

글쎄 여기 어디쯤이라고
해야 하나

산기슭, 논두렁길, 자갈밭머리,
정말 이름 없는 공동묘지 길 가생일지
그러니 글쎄 어디쯤이라고는
말할 수 없겠어,
지천이야,

개망초꽃은 개망초꽃끼리 강아지풀은 강아지풀
저희끼리 속삭이는 말
귀 기울였지만
들리지 않았어
너무 지천이었던 거야

어디쯤인지도 모르면서
마구잡이로 묶어 채운 꽃들 모인 곳
옥신각신 앞다투는 행렬, 계절도 없이

우르르 몰려다녔던 우리의 발바닥은
도무지 부끄러운 줄 몰랐지

강아지풀이나 개망초 또 다른 꽃들에게

천지분간 안 하고 다닌
우리랑 달리
좀처럼 변하지 않거든, 늘 그 자리에서

지천인지 모르겠어도
글쎄
여기 어디쯤이야말로
우리 다듬지 않더라도 늘 그 자리인 여기
어디쯤,

그렇구나
우리 한동안 면목 없더라도
부끄러워야지

비워 내기

무슨 염치가 남아 또
안부인사도 없는 문자를 보낼 것인가

그럭저럭 그렇게 살아 보았으면 된 것이지
무슨 아직 못다 한 말 남아있기는 한 것인지
눈부신 날이나 비라도 펑펑 쏟아지는 날 가끔
터무니없이 궁금하기도 했던 이들은
기억 밖의 세상으로 돌아선 지 오래인데

무슨 염치로
그럭저럭 살아온 날 궁금하지도 않을
낯선 얼굴들마다 일일이 안부를 묻는단 말인가
부음(訃音)이라는 미명 아래
숨 쉬는 동안 한 두어 번쯤이나 들었을까 말까한
낯선 이들에게 또 무슨 염치로 안부인사도 없는
날 벼락 같은 문자를 보내게 한단 말인가

그러니

비워 내야 한다

나 없는 동안 행여

다듬어지지 않은 통속적인 문자로

이별 아닌 이별을 고하는

수고를 덜어 내려면

그럭저럭 그냥 아는 듯한 이들 연락처

소문나지 않게 비워 내는 법

익혀야겠다, 들키지 않게

Part 3

디딜방아

들보에 꼬아 매단 새끼줄에 매달린
빼빼 마른 손바닥들,
미끄러운 고무신짝 벗어 던진
이리저리 갈라터진 발바닥 맨살로
장단이야 맞추면 그만
쿵쾅거리며 짓이겨진 아픈 껍질도
벗겨 내면 그만,

시방, 어매들은
나락껍질보다 더 까칠해서
목이 마른 삶의 껍질을
차갑고도 시원하게 벗겨 내는 것이다

누가 어매들 등껍질 손 껍질 온몸에 얽힌
껍질만 남은 닳아 버린 청춘을
벗겨 낸단 말인가, 단단한 나락부터
오지게 견딘 퍽퍽한 한 생애의 껍질이 벗겨지는 날

어매들은 그렇게 손에 잡히지 않아 더
손 시린 가난의 껍질을 벗겨 내는 것이다
들보에 꼬인 새끼줄마저 끊어지고 나면
더 이상은 미끄러울지 어쩔지 모를
가난한 이웃을 짊어진 굽은 등으로
해거름 녘까지
껍질을 벗기는 것, 그것이
어매들 발바닥에 밟히는 디딜방아인 줄

알게 되더라, 살다 보니 알아지더라

쓸쓸한 이별

한 세상 동동거렸던 잰걸음,
장문의 연애편지같이 설레지도 않는
길었었는지 짧았었는지 구분 없는 말씀들이랑
오랜만에 참으로 오랜만에 모로 누워,
묵은 잠이 들었다

형이라고, 언제쯤 올 건지 묻지도 못한,
오키나와나 남태평양 외딴 섬 탄광 어디쯤,
되돌아오지 못한 형 대신 짊어진 장남의 무게,

그래서였던 것이었어

가난도 문맹(文盲)도 쓸어 버리고 싶어
홀로 남은 세상의 민낯을 빗질하던 외팔의 사나이
옹기종기 모여
거울처럼 비춰진 남은 생애를 마주보며
아버지의 허무한 정열을 조금만 일찍 알았더라면…

그래봐야 뼈저리게 소용없었겠지만
빼빼 말라비틀어진 채 서성대는 가난과
문맹(文盲) 사이에서,
죄송하다는 말은 할 수 없었다

그러니
사랑했다는 말
사랑한다는 말,
무슨 소용이람, 이제사

기도 3

밤이 되게 해 주십시오
빛이 없는 밤이라면
더 자세히 보아야
더러 흔적이 보이겠지요
어둠보다 더 캄캄한 밤이 되게 해 주십시오

아닙니다
눈이 되었으면 좋겠습니다
어둠 속에서도 어차피 들켜 버릴 흔적들
몸통부터 모조리 하얗게 덮어 버리면
아무도 기억하지 못하게 펑펑 쏟아져 내리는
눈이 되게 해 주십시오

아닙니다
아닙니다
시퍼런 바다가 되고 싶습니다
더러워진 오물이 된 목숨,
온몸으로 부딪히고 찢겨진 후

하얗게 부서져 내리겠습니다

간간한 눈이 되어
모든 흔적을 절여 녹이는 바다,
바다가 되게 해 주십시오

다행스러운, 참으로 다행스러운

내 몸속 모자란 뼈마디 한 줌
퍽이나 간절한 빚이라 여기다
차라리 떠넘기듯
다시는 재촉하지 않는 빚은
얼마나 마음 편안한가,

목숨이란 생애의 한 빗금이
값없이 그저 얻어진 여분이었음을
내 뼈로 된 다른 뼈의 여인도
진즉 알았을 터인데
정작 빚진 적도 없는 빚 받으려고
재촉하는 무식이 얼마나
애달프고 안쓰러웠을까마는
속절없이 저만큼 익어 버린 시간들만
강물이 되어 더 먼 바다로 갔네

넓어야겠네, 바다보다 더
빚도 없는 빚에 시달린

내 뼈의 다른 뼈가 된 여인의 머리카락마저
하얗게 탈색되어 버렸네
그래도 다행이지 뭔가,
머리카락이 아니라 심장이라도 하얗게
어느 날 문득 예고도 없이 탈색된다면
내 몸속 또 다른 뼈를 뽑아 건넬 수
있을까,

그러니 아직은 다행이지 뭔가

집으로 가는 길 2

횟집, 수족관 옆을 지나는데
소금에 절여진 목소리 들려
귀기울보니
길을 묻는데,
바다는 어디로 가야 하나요
혹시 울 엄마 만나 보신 적
있나요
자꾸만 엄마 냄새가 희미해져요
바다로 가야만 해요,
그런데
길이 막혔어요
정말 모르시나요

찰박거리는 소리 밟히는
불량스러운 도회지의 거리를 지나
어쩌면 바닷물같이 짠맛이 흐르는
집으로 가는 골목 끝에서
세탁소집 사내 길바닥에 쭈그리고 앉아서

잘게 부서진 바다를 뱉어 내고 있다

낯선 흙바닥에 쏟아지는 바닷물 속에서
울컥울컥 알코올에 절여진 목소리로
바다로 가는 길이 어딘가요
모르시나요
울 엄마 만나신 적 정말 없나요

밤에는 비가 내리면 좋겠다,
오늘 밤에는
길 잃어버린 내가 누구에게든 묻지 않아도
바다에 닿을 수 있다면
맨몸으로 비를 맞은들 쓸쓸하지 않겠다

수건

식구들 돌아가며
볼일 보는 빈 방
남 아닌 남들의 비밀 같은 비밀
하나씩 가슴에 담고서도
낡아 가는 손바닥 활짝 펴서
남은 식구들 민낯이랑 때로는
온몸에 덮인 얼룩 닦아 내어도
아프지 않았던 생애 중간쯤
펄펄 끓는 물속에서 다시
곱게 접혀 돌아갈 속 어딜까 어딜까

네 발로는 돌아오지 못한 길
때때로는 벽 아닌 진열장 속에서
깊은 잠이 들고 싶었었지만
한숨 자고 일어나면 그 자리

어김없이
식구들 돌아가며 볼일 보고

젖은 손바닥 할퀴듯 비비며 떠는

너는

빈틈없이 숨 막히는 유전의 굴레,

가을 3

지난해 이맘때
안부도 없이 떠났던 너
무슨 설렘이 남아
오늘 또 이 문턱을 밟는 것이냐

아주 잊기 전 애잔한 걸음질
반가움에
왈칵 부둥켜안고
볼 한 번 비볐을 뿐인데
네 청춘은
하룻밤 새 빨갛게 멍들었구나

괜스레 민망한 너도 몸 밖으로
걸었겠지만, 앞산도 넘지 못하고
발목은 발목대로 저수지에
잠겨 첨벙거리는
가까이하기에는 너무 먼 곳에서
깜박이는 널 보며

자초지종도 모르는 발길

산길도 밟고 저수지 둑길도 밟으니

온몸 밟힌 네 몸

불그죽죽 멍 자국만 더 깊어진 날,

뜨거워 자지러지는

너

추억

함부로 마시지 마라
취하는 건 네가 아니라
가을이고
추억은 갈색이 아니라
운명처럼 눈물 나는 일이다

슬픔에 젖은 달빛이 잠긴,
아주 잠깐씩은
잠못 이루는 밤별이 잠기기도 했던
시냇물은 저만큼씩이나 홀로
떠내려가고 말아

어제 같은 오늘 속으로 잠겨 버린
한때는 청춘이었던 시간,
어설픈 첫 입맞춤으로는 잡아 둘 수 없다

그러니 가을이 달그림자에 젖는 날에는
누구에게든지 입술을 허락하지 마라

꿈마다

잠 못 이루는 네가 부스스 눈 비비며 마시지만

취하여 비틀거리는 건

그리움에 젖은 달과 별이다

네가 그토록 잡아 두려 애쓰던

청춘이나 입술이나 가을 달밤은 오래 전

흘러간 추억일 뿐이다

함부로 마시지 마라

순식간에 순간적으로

강력한 순간접착제라고
나름대로는 철저히 준비되었다 여기고
뚜껑을 열었습니다만
순간적으로 흘러넘친 액체가
스르륵 면장갑에 스며들더니
순식간에 중지끄트머리까지
흘러넘쳤습니다.

황망 중에 순간적으로
중지로부터 면장갑을 떼어 냈음에도
중지끄트머리에는 순간적으로
하얗게 타 버린 흔적이 남았습니다.

빌어먹을, 순간적인 사건이
순간적이지 않게, 한동안
애매해진 중지끄트머리가 신경 쓰여
자꾸만 만지작거립니다.

순간적으로 순식간에 스쳐 가는 인연이
얼마나 더 쌓이고 난 후에서야
순식간에 살 만해지겠습니까.

순간접착제를 써야만 할 때가 있더라도
찢기거나 부러진 채 지낼 수 있을지 어떨지

순간적인 순간에 결정하기에는
너무나 죄송한
애지중지 아끼던 순간들이
순식간에 순간적으로 지나갑니다

입관(入棺)

낯선 이의 손으로
잘려진 탯줄로는 아무도
아프지 않았던 걸 너는
모르겠지

남은 이들과 이 시간이 지나면 떠나야만 하는
이들의 마음이야 아프겠지만 너는
네가 아픈 줄도 모른 채 누워 있으니
세상이 대신 아프겠다

너와 내가 기억하는 길들 모두
희미해질 무렵
너에게
또 다른 낯선 이가
잘라 낸 탯줄을 잇고 있다

오래 전 탯줄로부터
어둠을 뚫고 나왔던 어머니의 자궁 속에서

오늘
다시 이어진 탯줄로
너는 새롭게 태어나기 위하여 안장되었다

그렇지만
흔들리지 않도록 동여매는
탯줄의 길이가 너무 멀어서
그 길 돌아서 걷다 보면
남아 있어야 할 이들의 아픔이
슬픔이 된다는 걸 너는 전혀 모를 테니

해거름녘 비틀거리는 하늘 길
구름들만 또 쓸쓸하게
기다리겠다

기도 4

날카롭게 벼린 칼로 망설임 없이
온몸 통째로 시퍼렇게 잘라 내도
아프지 않은,

쌀쌀해진 가을 끝자락 그날
뼈마디 속까지 시린 찬물 먹이고 또 먹여도
투정부리지 않는,
빳빳이 고개 쳐들 때마다 흩뿌려지는 소금 낱알들

뚝뚝 피 흘리는 상처의 맨 살로 알알이 박혀도
머뭇거리는 온몸의 질투
좀처럼 겉으로는 티내지 않는,

한 움큼의 텃새로 얼룩진 흔적마다
켜켜이 쌓인 삶의 기억들까지
더 차가워지는 찬물로 헹군 후에도
아직 버리지 못한 자존심으로
다시 치켜든 고개 위에 한 번 더

소금 뿌려 다져진 온몸,

서럽지 않은
한 밤 지새워 꼼꼼히 말린 몸
국산 고춧가루에 새빨갛게 파묻혀
보이지 않는 땅에서도 오랫동안 잊히지 않는,

얼마나 더 많은 가을동안 잘라 내고
다듬어야만
가을 끝자락 김장배추로
우리들은
남을 수 있나요

영원히라는 말은

꽃이었던 시절도 있었지

아무리 가슴 졸여도
때가 되면 속절없이
추락하는
가장 낮은 맨 몸의 흙 속으로
영원히,
한때 꽃이었던 여자,

영원히 라고 속삭이던 말

어쩌다 어긋난 길 끝에서
아직도 너는 영원히라는 꽃을
기다리는 것,
그건 너대로 잊기 위한 몸부림인 걸
꽃들도 알게 되었지,

한때는 거짓이 아니었을 테지만

의뭉스럽던 꽃들이 다 떨어진 날,
밟히고 떨어져도 꽃이고 싶었지, 너는

어긋난 길끼리 묶이면
너에게는 시들어 버린 꽃이
새로운 이와 함께 피어오르는 것
그것마저 영원히 피어 있을 수 없다면
너는, 한때 영원히 라고 속삭여 준 꽃의 품에서
기어이 다시 추락하겠지,

맨몸으로 부딪힌 너는 얼마나
또 아파야 할 것이냐,

꽃잎이 뚝뚝 떨어져 내리는 날,
영원히 잊지 말자고
아무에게도 속삭이지 말기로 하자

바램
-떠난 이도, 남은 이도, 아프지 않기를

태줄이 끊기던 날
생손톱 빠지듯 아팠던 네 빈자리
채워도 채워지지 못한 허기로
날마다 억척스런 맨발로 묶여 있는 너,
어디를 향하여 달려가는 줄 모르니
품안에 늘 묶어 두어야만 했다

끊긴 태줄이 이어진 숨결 같은
목마른 바램으로 바튼 숨 쉬는 날
더 많았던 시간 속에서도
불 마중 가는 나방은 되지 않기를
이 세상 모든 신앙에게도 빌었을지언정
야속한 세상 뜻대로 되지 못한 일
하나 둘이랴,

태줄이 끊긴 날 알아 버렸지

올 한 해 산이나 물이 아니고

믿을 사람 없는 땅
피하라던 말 듣지 못했으니, 들끓는
좁은 내리막길 들어설 때도
어머니들 속에서 끊어 낸 탯줄만
슬픔처럼 남겨 둔 채 비틀거리는 밤길
쓰러지고 떠난 젊음들아,
부끄럽구나

진즉 이어 주고 싶었던 탯줄,
말하지 못하고 이어지기를 바랐던 청춘들
온몸 부딪히며 이어지길 바랐던 청춘들
너무 아픈 맨 몸으로 너희끼리만 이어졌구나

너희끼리 너무 아프게 이어진 길
되도록 이제는 아프지 말자,
남은 어머니들
어찌하던지 아프지 않아 볼테니
또 다른 열 달이 지난 후 얼마나 더 눈부시게

만날지, 꿈꾸는 인연이 되기로 하자

오메!

아파트 뒷산 통째로
발갛게 물이 들었네,

어둑새벽부터 보이지 않게 별 내린
별밤 때까지
가는 이 오는 이 발길에 채여
대근한 하루의 너에게는
아무도 얘기하지 않았었구나,

암만 생각해도
좋아한다거나 사랑한다고는
말한 기억 없다마는
그래, 욕봤다는 한마디
그 한마디라도 듣고 싶었던 거였구나

온밤,
얼마나 설레며 지새웠을까
얼마나 또 가슴은 콩닥거렸으면

몸서리치게 비틀린 저,
알록달록 붉은 물든 저,

오메!
너,
홀딱 벗은 맨 살로
온통 붉게 익어 버린 산(山)아

홀로 숨 가쁘겠다

당신은 44

밤이고 낮이고 반짝입니다

남루한 방으로는 오시지 않는
당신,
너도 나도 으리으리한 방을
짓습니다
가끔씩은 곱게 보이는 방이 되고
싶기도 합니다만,
방이 될 수는 없습니다

열 명이 아니고
열 개를 찾고 계시는 중이신가요
아무리 으리으리한 방을 비워 두어도
좀처럼 오시지 않는 당신,
벌써 종이 아닌 종들은
끼리끼리 모여
얼마나 더 조명을 밝혀야만 신명나게
반짝이는 십자가가 되는지

들리지 않는 말을 자꾸만 속삭입니다

반짝이지 않으면
곱게 보이는 방 짓지 않으면
얼마나 더 애가 달아야
슬픈 이들에게
아픈 이들에게
배고픈 이들에게 의인이 되겠습니까

밤이고 낮이고 반짝이는
민망한 저 십자가의 불을 꺼 주십시오

소금이 되리

너의 목소리가 들리면,
나는 소금이 되고 싶다

카톡~
아침 일찍 로진택배에서 보내 온 문자,
택배를 신청한 적이 없는 날,
쌀 20kg을 무작정 보내 온
광활 사는 친구에게
무심한 전화를 한다

보낸 놈이나 받는 놈이나
무안하고 어색하기는 마찬가지인지
- 야, 배달사고 난 거지
- 니, 살기 힘들어서 쌀 못 사는 것 같아 보냈다

고맙다는 말, 별거 아니라는 말
참 싱겁게도 끝낸 통화를 마친 후
나는 소금이 되고 싶었다

싱거운 말들 간 맞추는 것이랑

대근했던 청춘으로 바꾼 친구의 생손톱

시들지 않게 저리는 소금,

너에게로

나는 소금이 되리

서울 나사로

비둘기에게 먹이를 주지 마시오

애물단지가 되어 버린
평화의 상징,
처마도 없는 서울은
가난한 비둘기가 앉을 자리가 없다

먹이를 구하지 못한 비둘기가 되어 버린
서울 나사로,
십자가탑 아래나 예배당 앞 광장이거나
늘 그 자리에서 구걸 중이시더라도
이미 안내문을 읽어 버린 우리는
나사로에게만은
먹이를 줄 수가 없다,

베드로처럼 안내문을 읽지 않았다면
어쩌면 모이를 준비할까 생각쯤은 할 테지만
주머니가 터지도록 배가 부른 우리는

애물단지 비둘기와 서울 나사로에게
단 한 줌의 먹이도 주지 않아야 한다

예배당 건물이 잠자리였던 비둘기는 오래 전
먹이를 찾아 떠나 버렸고
애물단지만 남았지만
비둘기도 나사로도
이제 평화의 상징은 아니다

그러므로
서울 나사로에게
비둘기 먹이를 주지 마시오

길례야

얼룽설룽 한 네다섯 해
발품 팔던 길
징그러워라,
똬리 튼
맨살로 쏟아지는 돌팔매질
피 흘리지 말고 그날 밤같이 달아나라, 길례야

비린 피 흐르는
캄캄한 객지 밤을 칭칭 묶여
온밤 지새우며 흘린 가시내 핏물로
일곱 식구 곯은 배 막았으면 된 것이지
징하게, 잘한 것이여

날름거리는
길례야,
순정은 돌팔매질에 묶였다
그만하면 된 것이지, 달아나라

너에게만
까칠까칠한 가난이 몸서리치는 것이냐
징그러워라,

제발 달아나라, 길례야

어머니 27

토막 난 모국어로 그릉그릉
심장을 쑤셔대던
있으나마나 철부지 서방 잃고
시도 때도 없이 맨살에 빨대 꽂은 채
청춘을 쪽쪽 빨아댄 웬수덩어리들

생살까지 씹어 먹혀
빼빼 말라 홀쭉한 맨몸으로
꾹꾹 눌러온 가난한 등허리 펑펑 터져 버린 날
드디어 어머니도
방이 하나 생겼다, 쉬고 싶었던
누워서 한 번쯤 잠들고 싶었던
어머니,

반평생 짊어졌던 염치없는 세월이
옹이가 되어
홀로인 빈 방에서도 똑바로 눕지 못하고
진드기같이 들러붙은

웬수덩어리들만
징하니 징그러운 밤,

어머니의 모국어만 토막토막 부서져 쌓이는

오빠,
시오리길인디 머땀시 인제사 왔당가

오라비가 되어 주지 못한 밤,
끝끝내 똑바로는 눕지 못하고 모로 누운
어머니 굽은 등으로
젖은 아픔들만 축축하게 쌓이고 있다

당신은 45

얼마나 더 부서져야
사랑할 수 있겠습니까

오른손이 하는 일
왼손이 모르게 하려면
얼마나 더 깨어져야 하겠습니까

사랑하라 하셔도
아직은
사랑을 어떻게 하는 줄 몰라
욕심대로는
사람들에게 자랑이 되고 싶습니다

아주 잘 보이는 곳에서
엄청나게 더 잘 보이는
쌀자루나 라면박스를 쌓은 연례행사로
사랑의 바벨탑을 쌓고 싶습니다

부서지지 않고도
사랑할 수 있겠습니까 묻는 날

너보다 더 답답하다
쓸쓸히 눈물짓는
당신

어머니 28

보아라,
저 징그럽게 서러운 눈빛
날것이라서 더 날카로운
칭칭 감아올리는 느려 터진 몸짓
마냥 숨넘어가겠다

너무 갑갑해서
돌을 던졌었는데, 그만
몇몇 대 어르신이라고 하시는
할아버지한테 들켜 버린 날,
구렁이보다 내가 더 꿈틀댔어,

보아라,
저 징하니 마른 몸뚱이
얼마나 억척스러운 똬리였을까
오뉴월 천수답 숲속 방죽 물에 고인 물같이
질펀대며 독하게 빨았던 저,
빼빼마른 젖꼭지,

천수답 땅덩이마냥 쩍쩍 갈라지고 비틀어진
어머니의 젖꼭지

허물 하나
달랑 벗어 버리니
이제 더 이상 감아올릴 일 없겠다 싶으셨는지
날름거리던 혀까지
눈감아 버렸다

그래서였다
징그럽게 서러운 꽃비얌
날것으로 날것으로 기어올라도
더 이상
날것으로 돌을 던질 수 없게 된 것이

부탁

에구머니나,
소름끼치는 맨 몸
까무룩 숨 가쁘겠다
얼마나 많은 말이 남아서
뿌리째 혓바닥은 또 갈라졌느냐

소용없는 청춘만 칭칭 감긴 등허리만
꿈틀거리는 벌써 낯선 갈림길,
지지배야 그냥 달아나라, 니 어금니에 품은
독보다 더 짓물러진 그리움들
독설보다 더 슬픈 빛이 되었다

맨살로 햇볕을 받아 반짝이기에는
니 몸이 너무 시린 걸
너도 알면서 꿈틀거리느냐, 달아나라
지지배야,

우리 끝내 서로에게 하지 못한 말

아직 조금씩 남았더라도
입술은 꼭 다물고
깨물어다오, 독하게
독니빨에 숨겨 둔 처절한 그리움으로
깨물어다오,

숨 가쁘게 달아나는 널 보며
간당간당 목숨이 숨이 가쁘게
제발 독하게
깨물어다오

해탈

이 변두리 마을 벗어나면
해탈이겠다

또 다시
천 년쯤 흐른 후에는
지금 모르는 것들도
어쩌면 알게 될지 모른다

지금
이 변두리에 살고 있는 사람들은
모르는 일투성이다,
아주 먼 옛날 이후로
자칭 대리인들은
변두리 마을만큼 살 만한 곳 어디 있겠느냐며
열심히만 살라 한다

얼마나 더 치열하게 열심을 내어야만
흰 두루마리 차려입으신 이

변두리 집집마다 오시는가
아니다,
우리가 열심을 열심히 내면
아무도 오시지 않아도
어찌하든지 이 변두리 마을이 천국임을
통속적이지만 저절로 알게 되겠으니

이만하면
통속적이지 않아도
해탈할 만하지 않은가

시리게 아픈

숨 막히게 엉킨 빈 몸뚱어리,
숨을 쉬어라, 계집애야

꼬리는 꼬리끼리
몸통은 또 다른 몸통끼리
온통 범벅으로 섞이면
가쁜 숨 쉬는 꽃비얌들도
입맞춤을 하는구나, 살 비비며
배배꼬인 서로의 맨 몸뚱어리에게
자꾸만 비틀리는 손짓 속에서
잉걸처럼 달아오른 저 뭉툭하게 뾰족한
또 다른 발은, 서로에게 칭칭 감긴 채
섣부르게 밀어 내는 저 숨 막히는 혓바닥으로
사랑은 무조건 모순이라고 함부로 장담하지 마라
때때로 다른 이들에게는
얽힌 몸끼리 민망한 민낯으로 보일 것이다

숨을 쉬어라, 계집애야

네가 목메는 날

헛바닥까지 갈라져 버린 나는

풀리지 않게 얽힌 몸으로 아프겠다

시리게 아프겠다

옥고(獄苦) 치르는 중

엉겁결이었다
생애에게 변명이나
깔끔한 변론도 없이
그러니까 정해진 형량도 없는
옥살이, 형기는 얼마나 남았을까,

연례행사로 누구는 모범수로 특사로
굳게 닫혔던 문 밖으로 나서기도 하는데
웬수덩어리라고 많이 불리긴 하지만
깔끔한 거짓말로 입에 발린 변명이나
변론을 누구에게 해야 하는지 모르니
언감생심 모범수나 특사는 꿈도 꾸어 보지 못하고
정해진 식사나 할짝할짝 받아먹는 목숨이나
밥알처럼 칠칠맞게 흘리는 사치나 부리는 중이다

다시 변명이나 변론할 기회가 주어진다고 하더라도
조리 있는 거짓말 같은 사실들은 할 수 없을 것만 같은
간당간당한 양심으로 오늘도 하루 분량의 옥살이,

오늘도 어제처럼 엉겁결에 지나갈 테지만

혹시 아시나요, 당신

변론 없이 모범수가 되는 법,

여전히 수감 중이신 당신,

우리

사이좋게 지내요

아까시나무 활활 타오르다

남루한 빈곤같이 비쩍 말라 버린
민둥산,
신작로 굽이쳐 돌아간 길모퉁이마다
시도 때도 없이 흘러내린 산자락,
가랑비라도 밤새 내리면
무엇이든 남김없이 할퀴던
폭군 같은 흙탕물 길들여 보고자
무너지는 언덕마다 심은 아까시나무,

폭풍우 속에서도 끄떡없던 뿌리들
엉키고 설켜 끝내 시사 답까지 파고들 무렵
견디어 낸 비바람이나 홍수쯤이야 아랑곳없이
그저 내밀면 찔리는 까시같은 나무라거나
언제쯤 심었는지 까마득히 잊어버린 채
일제가 나라 망치려고 심게 했다는
핑계 삼아 너도 나도 부지런한 톱질 낫질로
사오십 년이면 저절로 무너질 나무 밑동채 베어
누구는 가마솥 밥 짓는데 누구는 군불로

활활 불태워 씨조차 말려 버린 아까시나무,

남루한 빈곤 같은 사내랑 계집애
또랑또랑 짊어지고 한 세상 버텨 온 또 다른 아까시나무
언제 이런 고사목이 되었나
되새겨 볼 겨를도 없이 올망졸망 모여
벌써 조금씩 썩어 거름이 된 또 다른 아까시나무

내일쯤은 또 누가 태워질지 모르는 사내랑 지지배,
이제 까시마저 닳은 아버지를 뜨겁게 태우고 있다

구걸

교회 첨탑 아래
화려한 절정의 오체투지로
소리 없이 뚝뚝 떨어지는 겨울 새벽

오늘도
꾸욱 다문 입술 속에 숨겨 둔
하루 분량의 말들,
이곳에는 귀 기울여 들을 사람 없다는 걸
이미 알고 있는 당신,

부지런히 부리를 쪼아 먹이를 고르는
비둘기 때문이라도
아직은 성가 테이프를 멈출 수 없겠지

오체투지로 찢어지는 하루보다
뻔뻔스럽지 못한 당신,
백날 그렇게 있어 봤자 허탕이야
성가이든 독경이든 그걸 믿는 신앙이

이곳에는 없거든, 목소리는
쓸모없는 우이독경이야

그냥
뻔뻔스런 오체투지로 당당하게
서서 노려보는 거야, 자, 이래도
모른 채 지나갈 텐가……
끈적거려야 해……

Part 4

달맞이꽃

달빛 길 따른 밤,
묵빛 요동의 담으로 막아서는
그 깊은 바다를 젖히고
당신 땅 끝에 설 염치는 없어
시린 냇가에서
홀로 기다리는 밤,

그대
밤마다 눈물 젖은 달빛 편지
읽어 볼 수 없었나요
딸려 보낸 몸 냄새라도 맡으실 새라
노랗게 닦은 향기
누군가 또옥 똑 꺾어서
흩어지는 밤,

뿌리째 뽑아 가더라도
그대 품이라면 외롭지 않을

몹쓸 꿈꾸는 달빛 젖은 밤

그게 꿈이라도

사실은 슬프지 않을 꺼요,

나는

민들레꽃 1

어이 잊을 언약이런가
해마다
노랗게 익어 가는
봄날을 계속되는 해

지쳐 찢겨진 몸뚱이조차
뜯어내는 아픈 손길들
이제 미웁지 않은 지 오래
뿌리째 뽑혀도
그저 노랗게만 우는 봄

아, 이 봄도 당신
언약의 기억이 아닌가 보오

나는 또
무섭게 시린 봄밤을
태우고 태워 하얀 맨몸으로 남아서
어디로든

흐를 땅 있으면

그대

언약 피어날 봄

끝끝내 기다릴 테요

호박꽃

인정이 그리웠어
문득 입술 내주는 체온도
그러니까
가끔은 그리웠어

마당을 가로 질러 오르면
온몸으로 향기를 피울 수 있을 것 같았어

보이지 않는 시선으로
오뉴월 햇볕을 더듬어 오르다
까칠해져 버린 덩굴손,
맨살 찢겨 흐르는 피는
비가 되어 또 다른 마당으로 흘러내렸어

핏물 쌓인 굴곡진 마당 깊숙이
노랗게 물든 꽃들이 쌓여 갈 때
드디어 고개 꺾인 넌출은
꽃도 호박도 맺을 수 없다는 걸 알아 버렸어,

그저 인정이 그리웠었던 거야

엉겅퀴꽃

섧다 말하지 마라

한 해 한두 번
이 길 걸어 본 이
너 하나뿐이랴,

땅 속 깊이 묻힌
오래된 꿈들끼리 하는 말
꺼내지 마라
해마다 가슴 아픈 이
너 하나뿐이랴

자주색으로 타오르는 봄
기다리는 이
정말
너 하나뿐이랴

그러니

섧다 말하지 마라

앵두꽃

볼그레족족 타던 누이야
하 세월 말 건네지 못한 수집은 날
쌓인 봄날은 실없이 가고
알리도 없을 누이도 산 너머 가고

서산 해거름마냥 젖은 소식들
새록새록 쌓이는 길,
끝끝내 남아
기다리던 마을도 가고

오다가다 만난 봄끼리
탑(塔)이 되어 버린 날,
건네지 못한 말
너 하나뿐이었으리야

불그레 단장한 누이의 몸

산 목련

기다리다가 한 번쯤은
가끔씩 흰 점이 되고
사무치게 그리울 때면
붉은 점으로 남기도 하지

그렇구나
길 하나가 희기도 하고
가끔 붉기도 한 이정표인 게
그리워할 줄 알게 된 후에서야
보이는구나

보이지 않는 길 걷다가 걷다가
연습도 없이 걷다가 보면
붉게 타는 이정표도 보이겠구나

걱정하지 마라
옮겨질 만한 빈 땅 어디
있기도 했었느냐

사무친 그리움으로
끝끝내 뿌리 내릴 테니

해바라기

그대
바람이랑 스치듯 나눈 말들
숨은 뜻 새기며 되뇌는 밤
맨몸으로 꼬박 세운 후
민낯으로 만나도 건넬 말
심장이 터질 만큼 쌓았는데
그대
처음 만난 날마냥 눈이 부셔
끝내 건네지 못하고

진종일 다부지게 따라 도는
수집은 발짓마다 감추인 말
행여 그대에게 들킬세라 숨죽인
한 생애가 노랗게 타들어 가는 해
오직 그대에게만
도무지 건네지 못한 말 아시 오려
내내 부끄러워 고개 숙인 계절에

너무 멀어 들리지 않을 것 같아
가끔 엉덩이를 빼어 올려 키운 목숨으로도
도무지 닿지 않는
그대 육신에 애타게 남아
건네고 싶은 단 한마디, 그대
내 사랑 보이실 날 어느 날이리오,

돌고 돌아온 날
다시 그대 향한 뜨거운 열병으로
남은 생애 여전히 눈이 부셔도
또 다른 분신되어
나는
그대 그리워하려오

영산홍꽃

붉다고
니가 영산홍이 아니리야
희다고
니가 영산홍이 아니리야

비 내리는 날은
내리는 대로
비 안 내리는 날은
안 내리는 대로

희다고 니가
곱지 않으리야
붉다고 니가
곱지 않으리야

설토화

성님,
쪼매 갑갑해도 울지
마소

열세 살 새색시
연지곤지 갛던 가마
놓인 자리
그
쓸쓸한 뜨락에 눈부신 달빛만
쌓이던 날,
영동댁이라고
곯은 배 안 아팠겄소

그 밤
내사, 성님 깨울 엄두 못 냈지
즈메 품에 앵겨 한 아름 눈물 쏟아내면
달빛 밟음서 갔던 길 나설 줄 알았지
먼 길도 아닝게

성님,
넬, 갈 길 이십오 리랍디다
영동댁일랑 잊어 붑시다, 이
이렇게 달빛 엉글어 가는디
지 새끼는 보러 안 올라고요
긍게
울지 마소, 성님

자다 봉창두드리듯끼
나가 곱다 곱다 해 쌌더니만
성님,
시방은
꽃상여가 내보다 더 곱소

장미꽃 1

내 자존심을
당신은
날카로운 교만이라 말하시나요

아무나의 손짓 하나만으로는
아무래도 꺾이지 않음을
때때로는 자만심이라고 하시지만
당신
아시나요,
상처 내며 흘러내린 핏물로
숨겨진 사랑을,
붉게 변해 버린 육신을,

올곧은 아픔으로는 바라보지 않는
당신,
일 이십 년은 커녕
한 번쯤 바뀐 계절 동안도
쉽게 마음 돌려 버리시더라도

나,

엉겁결로 흘러간 시간 지나

다시 태어나 검붉게 타오를 수 있다면

여전히 날카롭게 빛나는

자존심으로 피어날 꺼요

동백꽃

열일곱 풋내 나는 맹세로
묶인 길
행여 잊을세라
기다린 밤 몇 날이던가

어긋난 길 밖에 설까
날마다 붉게 타오르는 살 속으로
대처로 간 당신 삶
한 번쯤은 풍문 바람 되어 흐르기도
하더라도
그 밤 그 맹세로 기다린 것을

당신 곁 또 다른 별과 함께
오르시는 이 길에 놓여
붉은 눈물이 된 맨살로
당신 발에 새록새록 밟힐 수 있다면
나는 정녕 아프지 않을 테요

수줍게 떨어져 쌓여도 끝끝내 아프지
않을꺼요

하 속절없는 날들이 흘러간 후에서야
동백꽃으로 피어 붉게 우는 날,
나는 비로소 아프지 않을 테요

백목단꽃

시오리 재 넘은
외사촌네 딸내미 대사에
맨몸으로야 갈 수 있느냐며
참나물보따리 안겨 보낸
순식이네서 싸 주신
색동저고리 치마랑 꽃신
품에 안고 오는 길,

옥빛 백목단꽃망울
달빛보다 더 환한 미소 속에
알알이 맺힌 진주 고웁다

품앗이야 이런 품앗이도 없다던
순식이네 엄마 하얀 머리랑
인두로 하얗게 핀 동정인들
나보다 고울 리야 새색시같이
타오른 백목단꽃 만발한 달밤 거슬러
시오리 재 넘어가는 날

당신,

그래도

백목단 꽃망울 되어지리요

장미꽃 2

아파하지 말아요,
당신
가만가만 오시는 발자국 소리
행여
잃어버릴 새라
봄 밤 속 내내 제 몸 타는 모습을
보았어요

젖은 입술로 다가오지 말아요,
당신,
기다림이 그리운 칼이 된 뼈에 닿을까
입술만 닿아도 마음이 아플까
자꾸만 겁이 나요

온 맨살에 맺힌 눈물 보이시나요

어쩌면 꿈속이 아니어도
당신,

한 번쯤 보고 싶었나 봐요

그래도 제 눈물방울 닦아 내지 마세요
날카로운 칼이 되어 버린 내 뼈에 닿은
당신 속살보다 여린 마음 아플까
정말 자꾸만 겁이 나거든요

그런데도 저는 너무 보고 싶어요
당신,
민낯으로 흘리는 이 눈물
닦아 주실 수 있나요

봉숭아꽃

추녀 밑 떨어지는 햇살이나
뜰팡까지 튀어 오르는 소나기로는
막내고모 새끼손톱 자를 수 없었지

동동거리며 백반을 찾던 날,
동무들은 하나둘 꽃잎마냥
마당을 채웠었지

흐드러지는 여름 기울기도 전
막내고모랑 동무들은 하나 둘
꽃잎으로 떠나 버렸어

이제
나는 어디로 튀어야 할지 모르겠어
꽃잎은
다시 만나자는 약속도 없이
흩어졌거든

일어나야겠어

꽃잎들마다 잃어버린 길

새로 세워야겠어

바람을 타는 법조차 잃어버리기 전에

채송화

니가 알것냐

남새밭에 쪼그려 앉아
한나절 깨작거리는 니 할매
아침나절 다 뽑아 낸 쇠비름이거니
자꾸만 뽑아쌌는디
바늘귀도 안 보이는 눈으로다가
이것저것 재다 보니 뜨건 햇살에
익어버린 세월 속 시방 흐르는 거이
머시간디 애지중지하는걸

참말로 니가 알것냐

느그 할매 심은 공땜시로
악착같이 바스락거림서 꿋꿋이
꽃으로 핀 후에사 비로소
쇠비름 아닌 줄 알아주는 게 애가 타
새까맣게 타 버린 내 가슴속 말

중말로 니가 알기는 하것냐

개망초꽃

그때는 아무도 몰랐던 거야

좌석표도 없는
덜렁 입석표 한 장 들고
동산역 따라 나선 비둘기열차
신리에서도 관촌에서도
임실도 지난 봉천너머서까지
까마득히 몰랐던 거야

오수역에서
흩어지는 햇살처럼 남기고
떠난 당신의 시간이
반세기 틈새 메우는 기다림인 줄
그땐 정말 몰랐던 거야

잃어버리거나 잊혀 버리는
간이역마다
그대 발자국소리 행여 놓칠세라

빠짐없이 채우고 채운 시간
너무 많은 시간이 흐르다 보면
모두 다 부질없다 말하는 이 있지만

그날
뒤돌아보는 네 그림자를
도무지 지울 수 없는 나는
전라선 모든 길 따라 채워야만 하는걸,
아픔이 익으면 때로는 눈물이 되는걸,
눈물이 익으면 그리움이 되는걸,

그땐 정말 몰랐었던 거야

코스모스

돌부리에 채일라
구름 속에서 가슴 졸이는
보름 지난 달,
행여 가던 길 돌아설까
이별 말 한 토막 차마 건네지 못해
밤바람 쓸쓸한 길 따라
여린 네 손에
한닢 두닢 꺾인 목숨이야
네 눈물 지우는 바람보다 아프랴

꺾이는 모가지가 금세 아파와도
차마 이르지 못한 네 이별 말
보다야 더 아프랴,

사립문 뒤에 숨어
한 닢 뜯고 뒤돌아보고 또 한 닢 뜯으면
네 볼 적시는 눈물보다
더 아프게 가난한 손가락 깨물어

울음 삼키는 애미 들킬라
달빛은 구름 속에서 울고

네가 꺾어도 꺾어도 나는 도무지
아프지 않을 꺼다

해마다 길 끝에서 나 피어날 때
오로지 너 아프지 않으면
이 밤은 아무도 아프지 않을 꺼다

민들레꽃 2

삼백예순다섯 날,
몇 날 밤을 더 지새우면
널 만날 수 있을까
허기진 꿈을 꾸다가
가슴마저 비우고 이제
발바닥까지 노랗게 익어 버린
날,

넌 기억할 수 있겠니

우리 사이의 시간들을
차마 추스르기도 전
하얀 그리움으로 남을 것을
이미 알고 있기에
다시 흩어지는 이번 생애는
아프지 않기를 소망하는
날,

넌 벌써 만날 꿈조차
잊어버리고 싶은 거니,

흩어진 길 위 어디쯤
널 위한 빈자리 있을까
사무치게 그리운 날,

이제
서로 아프지 말기로 하자

감꽃

바람 불지 않아도
너에게
하고 싶은 말이 있었다

바람 소리 속에 묻힌
울음소리
들을 수 있는지
너에게 묻고 싶었던 날

온통
지워 내고 싶은 여름을
톡톡 떨어지는 날
너는 빗물이라 여겼었지

밤 새워 삭힌 말
들려주고 싶었었어

네 곁을

떠나 버린 사람들이

조용조용 남긴 말

너에게 들려주고 싶었지만

너는

마냥 빗물이라 여겼었어

아카시아꽃

달밤이 땀에 절은 거시지
니가 절은 거시 아닌 거시지

그랗게 이놈의 쉰내는
저 지지리도 복읍는 달밤인 거시여

보리밧트로 뽕나무밧트로 또랑가로
장똘뱅이맨치로 왼종일 돌아댕겨쌈서도
니 배는 니 배대로 골키만 한 거시
너 땜시라고 하는거슨 증말로
귀신쎗나락 까먹는 소리여, 암

니 뺏골 빼머금서 물컹물컹 자라는
니 새끼들 목구멍이 몇 갠 중 아는 노미 있간디
그랗게 끅끅거림서 울지 말고 머거야,

거바라, 살살 홀터야지 마구자비로 홀틍게
손가락이랑 손바닥 찔려븐거시여

까시는 달고시퍼서 달고 있는 거시 아니랑게

그러케 마구자비로 머그면 니 언처 붕게

살살 훌터머그라고 그냥 부쳐논거시여

그랑게 그거시

까시도 업쓰면 마구자비로 자바채서 먹다가

진종일 고른 배는 채우지도 못하고 언쳐블믄

이 밤 약도 업는디 또 이불 뒤지버 쓰고

밤새도록 끅끅거림서 꼼지락거리지 말라고

그냥 쓸데업시 부쳐논거시니께

그랑게 까시 가튼 거슨 빼고 조심해서 머거야

쉰내나 내는 저 노므 달밤은 왜 이리 환한 거시다냐

개꽃

상구야 니가 껄쩍지근했던 게 아녀
시도때도읎씨 씨벗던 깡냉이대공만으로는
니나내나 한 세월 채울 수 업승께
골은 배한티 떠밀려분 것이여

우짤거시여 니도 깜냥읎씨 서룰거신디
야반도주한 가시내라고 했싸도 상구야
속곳까정 자바브렀던 니는 그라믄 안 되어, 야

그란디 상구야, 촌년 객지살림이 만만하겄냐
일로 갔다 절로 갔다 장똘뱅이맨치로 구르다봉께
긍게 그거시 거시기 안 해불겄냐,
후딱 이저불고 살 만한디가 있어야제
그란디가 있씀사 머달라고 요 삐딱날망에
너그들 모다 한통속으로 찐득거리기만 하단디
매겁씨 개꽃맨치로 활활 타서 피부렀겄냐

아녀, 그게 아니랑게

참꽃맨치로 머거부지도 못항게
입때껏 속상혀서 흘린 내 거시기여

그랑께 그거시 아시맨치로 해 달라고 하능 거 아닝게
그런 줄 알어, 야

* 개꽃 : 철쭉꽃

넝쿨장미

다시 만나자고 하였었나요
달밤에 취하신 걸음 탓에
다시 오시란 말 차마 듣지 못하셨나요

비 내리는 날은 비 내리는 채로
달빛 쌓이는 밤은 달밤 속으로
다시 오실 날 이리 먼가요

기다림이 익으면 통증이 되나 봐요
시린 통증이 시작되는 밤이면
이 담을 넘고 싶어요,

넘고 싶은 담 넘지 못함은
아, 오실 이 오신 날 비워 둔다면
다시는 오실 길 잊으실 새라

시도 때도 없이 묶인 발자욱만
저 홀로 검붉게 타오르는 중이어요

나팔꽃

당신 가시옵는 길
얼마나 먼 길 이옵기
덩굴손 키우고 키워 내도 도무지
닿지 아니옵세라

누구인지도 모르시옵고
하룻날 밤 고백이었사온줄
당신
덧없는 그리움 되어
멍들었사옵고
하늘 더 높아지었사옵기에

아, 시퍼렇게 입술 익어 간 줄
당신 아실 리 없사오시온 줄
내사 기다림 속울음이나 지을 새

겹겹 젖은 이 옷
멍들었사온 줄 당신은,

새삼 아시온 줄

오늘도 해 넘어가는 길
그 길 끝 당신 있으시오면
떨어지는 바람 따라
한 오 리나 십 리쯤 걸어가면 되오리이까

당신
가시옵는 그 길
얼마나 더 먼 길이옵기

할미꽃

어허, 이 서방, 설워마소
쟈가 그때 째깐했었응께
시방까지 알 간디

저그 사촌 성은 객지 가서
저가버지 맨치로 배 탔다던디
늘 싸돌아댕긴게 뭐
짬이나 나겄능가
그랑게
쟈를 보냈쓸턴디
쟈가
외약 쪽이라 항게
외약 쪽으로 갔을팅게, 설워마소

이 서방이랑 웬수도 아닌디 쟈라고
바른쪽이 지 자근애빈 줄 알겄능가
저그 사촌 성도
시나브로 이저불고 지내가 분디

쟈라도 왔응게
인자 임자도 이저불믄 안 되겄능가

아따, 이 서방
쟈가 외약 쪽이 어딘 줄도 모름서
낫질하간디
이 서방도 맨날
저 김가네는 새끼도 업승게
속 탄다 안 했능가

그랑게 된 거시지
쟈가 지 자근애비라고
공손히 절까정 하고 갔승게, 이제
설워 마소

황혼(黃昏)

아, 이제 제발 그만,

백주 대낮 낯가리는 일
쟁여 둘 곳간 마땅치 않아서
자꾸만 미끄러지는 뜨거운 방

무슨 억하심정으로
이런 저런 일들만
맨가슴 속살 깊숙이 날마다 내리 쌓여
펄펄 끓는
저 대책 없는 속수무책,

바다는
늘
부글부글 속만 끓이는 중이다

염치없으면
낯가릴 일 뜨겁게 품지 말라 이른 게

어제 일이라며

부글부글 끓는 손 내저어 보지만

오늘도

지놈 심장만 아주 빨갛게

달궈져서는

부질없이 복창만 터지는 줄도 모른 채

막무가내로 쏟아 부리는 짐

쓸모없는 일 투성이어서

바다는

저렇게 한참씩 붉게 타오르는 것이여

꽃뱀

흘레먹은 듯 춤추는 지지배
투깔스런 저 반란의 소리
너는
이브의 또 다른 유혹,
숨을 죽여라

미끈거리는 네 속살,
성난 몸뚱이는
시방
거칠 게 없다

아, 어지러워라
펄펄 끓는 대낮의 어둠 속에
비겁하게 숨어
오늘은
얼마나 또 걸어가야만 날이
저물까나
숨을 죽여라, 이브여

뭉뚱그려진 날개로 비상하는
목숨 같은 소리
들리지 않게 숨을 죽여라
너는
우리끼리만 이무런 이브
투깔스럽게 까무러치는
설움이어라

투명한 핏줄 꿈틀거리며
언제나 너는 날아오르고 싶겠지만
숨을 죽여라, 이브
아직은 경고가 되지 못한 지지배야

아직은 날개가 다 자라지 못한
나는
네 목소리 들을 수 없다, 숨을 죽여라

바람이 들려주다

뒤돌아보지 마
무심코
지나간 자리
흔적은
남아 있지 않을 거야

돌아가려 하지 마
벌써 저만큼
이미 흔적조차
지워졌잖아

훌쩍 떠나 버린 이들
그 길에서
만날 수 없다는 걸 알면서
잊으려고 애쓰지 마

애썼다는 말
한 번쯤 듣고 싶은 밤이면

무진 애썼다고
아무에게도 들키지 않게
한 번쯤 가슴에게 속삭여 봐

어쩌면
지워진 흔적들
바람소리 속에 깨어날지도 몰라
그때
아파하면 안 되는 것
알지